Nouvelle Messénienne.

IMPRIMERIE D'ÉVERAT,
rue du Cadran, n° 16.

NOUVELLE

MESSÉNIENNE,

Par M. Casimir Delavigne,

DE L'ACADÉMIE FRANÇAISE.

UNE SEMAINE DE PARIS.

Eh bien ! ils tomberont, ces amans de la nuit ;
La force comprimée est celle qui détruit.
C'est quand il est captif dans un nuage sombre
Que le tonnerre éclate et luit ;
Et la chute est facile à qui marche dans l'ombre.
(Epilogue des dernières Messéniennes.)

PARIS.

ALEXANDRE MESNIER, LIBRAIRE,

Place de la Bourse.

1830.

UNE SEMAINE

DE PARIS.

Aux Français.

Debout, mânes sacrés de mes concitoyens !
Venez ; inspirez-les, ces vers où je vous chante.

Debout, morts immortels, héroïques soutiens
    De la liberté triomphante !
Brûlant, désordonné, sans frein dans son essor,
Comme un peuple en courroux qu'un même cri soulève,
    Que cet hymne vers vous s'élève
    De votre sang qui fume encor !

Quels sont donc les malheurs que ce jour nous apporte ?
— Ceux que nous présageaient ses ministres et lui.
—Quoi ! malgré ses sermens !—Il les rompt aujourd'hui.
— Le ciel les a reçus. — Et le vent les emporte.
—Mais les élus du peuple ?...—Il les a cassés tous.
—Les lois qu'il doit défendre ?—Esclaves comme nous.

—Et la pensée ?— Aux fers. — Et la liberté ? — Morte.

—Quel était notre crime ?—En vain nous le cherchons.

—Pour mettre en interdit la patrie opprimée,

Son droit ? — C'est le pouvoir.—Sa raison?—Une armée.

— La nôtre est un peuple : marchons.

Ils marchaient, ils couraient sans armes,

Ils n'avaient pas encor frappé,

On les tue; ils criaient : Le monarque est trompé!

On les tue.., ô fureur ! Pour du sang, quoi ! des larmes !

De vains cris pour du sang ! — Ils sont morts les premiers ;

Vengeons-les, ou mourons.—Des armes !—Où les prendre ?

— Dans les mains de leurs meurtriers :

A qui donne la mort c'est la mort qu'il faut rendre.

Vengeance ! place au drapeau noir !

Passage, citoyens ! place aux débris funèbres

Qui reçoivent dans les ténèbres

Les sermens de leur désespoir !

Porté par leurs bras nus , le cadavre s'avance.

Vengeance ! Tout un peuple a répété : Vengeance !

Restes inanimés, vous serez satisfaits !

Le peuple vous l'a dit, et sa parole est sûre ;

Ce n'est pas lui qui se parjure :

Il a tenu quinze ans les sermens qu'il a faits.

Il s'est levé : le tocsin sonne ;

Aux appels bruyans des tambours,

Aux éclats de l'obus qui tonne,

Vieillards, enfans, cité, faubourgs,

Sous les haillons, sous l'épaulette,

Armés, sans arme, unis, épars,

Se roulent contre les remparts

Que le fer de la baïonnette

Leur oppose de toutes parts.

Ils tombent ; mais dans cette ville,

Où sur chaque pavé sanglant

La mort enfante en immolant,

Pour un qui tombe il en naît mille.

Ouvrez, ouvrez encor les grilles de Saint-Cloud !

Vomissez des soldats pour nous livrer bataille.

Le sabre est dans leurs mains; dans leurs rangs la mitraille.

Mais de la liberté l'arsenal est partout.

Que nous importe à nous l'instrument qui nous venge !

Une foule intrépide agite en rugissant

La scie aux dents d'acier, le levier, le croissant;

Sous sa main citoyenne en arme tout se change.

Des foyers fastueux les marbres détachés,

Les grès avec effort de la terre arrachés,

    Sont des boulets pour sa colère;

Et, soldats comme nous, nos femmes et nos sœurs

    Font pleuvoir sur les oppresseurs

(11)

Cette mitraille populaire.

Qu'ils aient l'ordre pour eux, le désordre est pour nous ;

Désordre intelligent, qui seconde l'audace,

Qui commande, obéit, marque à chacun sa place,

Comme un seul nous fait agir tous,

Et qui prouve à la tyrannie,

En brisant son sceptre abhorré,

Que, par la patrie inspiré,

Un peuple, comme un homme, a ses jours de génie.

Quoi ! toujours sous le feu, si jeune, au premier rang !

Retenons ce martyr que trop d'ardeur enflamme.

Il court , il va mourir... Relevons le mourant :

    O liberté , c'est une femme !

Quel est-il ce guerrier suspendu dans les airs ?

    De son drapeau qu'il tient encore

Il roule autour de lui le linceul tricolore ,

    Et disparaît au milieu des éclairs.

Viens recueillir sa dernière parole ,

    Grande ombre de Napoléon !

    C'est à toi de graver son nom

Sur les piliers du nouveau pont d'Arcole.

Ce soleil de juillet qu'enfin nous revoyons ,

Il a brillé sur la Bastille.

Oui, le voilà, c'est lui ! La liberté, sa fille,

Vient de renaître à ses rayons.

Luis pour nous, accomplis l'œuvre de délivrance ;

Avance, mois sauveur, presse ta course, avance :

Il faut trois jours à ces héros.

Abrége au moins pour eux les nuits qui sont sans gloire ;

Avance, ils n'auront de repos

Que dans la tombe ou la victoire.

Nuits lugubres ! tout meurt, lumière et mouvement.

De cette obscurité muette et sépulcrale

Quels bruits inattendus sortent par intervalle ?

Le cliquetis du fer qui heurte pesamment
Des débris entassés la barrière inégale ;
Ces cris se répondant de moment en moment :
Qui vive ?...—Citoyens.—Garde à vous, sentinelles !
L'adieu de deux amis, dont un embrassement
Vient de confondre encor les ames fraternelles ;
Les soupirs d'un blessé qui s'éteint lentement,
Et sous l'arche plaintive un sourd frémissement,
Quand l'onde, en tournoyant, vient refermer la tombe
D'un cadavre qui tombe.....

Au Louvre, amis ; voici le jour !
Battez la charge ! Au Louvre, au Louvre !

Balayé par le plomb qui se croise et les couvre,

    Chacun, pour mourir à son tour,

    Vient remplir le rang qui s'entr'ouvre.

Le bataillon grossit sous ce feu dévorant.

Son chef dans la poussière en vain roule expirant ;

Il saisit la victime, il l'enlève, il l'emporte,

Il s'élance, il triomphe, il entre.... Quel tableau !

Dieu juste ! la voilà victorieuse et morte

    Sur le trône de son bourreau !

Allez, volez, tombez dans la Seine écumante,

D'un pouvoir parricide emblèmes abolis !

Allez, chiffres brisés ; allez, pourpre fumante ;

Allez, drapeaux déchus, que le meurtre a salis !

Dépouilles des vaincus, par le fleuves entraînées,

Dépouilles des martyrs que je pleure aujourd'hui,

Allez, et sur les flots, à Saint-Cloud, portez-lui

Le bulletin des trois journées !

Victoire ! embrassons-nous.—Tu vis.—Je te revoi !

—Le fer de l'étranger m'épargna comme toi.

—Quel triomphe !—En trois jours !—Honneur à ton courage !

—Gloire au tien !—C'est ton nom qu'on cite le premier.

—N'en citons qu'un.—Lequel ?—Celui du peuple entier.

Hier qu'il était brave, aujourd'hui qu'il est sage !

—Du trépas, en mourant, un d'eux ma préservé.

—Mais ton sang coule encor.—Ma blessure est légère.

— Et ton frère?—Il n'est plus.—L'assassin de ton frère,

Tu l'as puni?— Je l'ai sauvé.

Ah ! qu'on respire avec délices,

Et qu'il est enivrant l'air de la liberté !

Comment regarder sans fierté

Ces murs couverts de cicatrices,

Ces drapeaux qu'à l'exil redemandaient nos pleurs,

Et dont nous revoyons les glorieux symboles

Voltiger, s'élancer, courber leurs trois couleurs

Sur ces nobles enfans, l'orgueil de nos écoles?

Des fleurs à pleines mains, des fleurs pour ces guerriers !

Jetez-leur au hasard des couronnes civiques :
    Ils ne tomberont, vos lauriers,
    Que sur des têtes héroïques.

Mais lui, que sans l'abattre ont jadis éprouvé
    Le despotisme et la licence ;
    Que la vieillesse a retrouvé
    Ce qu'il fut dans l'adolescence,
Entourons-le d'amour ! Français, Américains,
De baisers et de pleurs couvrons ses vieilles mains !
La popularité, si souvent infidèle,
Est fille de la terre et meurt en peu d'instans.
    La sienne, plus jeune et plus belle,

A traversé les mers, à triomphé du temps :
C'était à la vertu d'en faire une immortelle.

O toi, roi citoyen, qu'il presse dans ses bras,
Aux cris d'un peuple entier, dont les transports sont justes ;
Tu fus mon bienfaiteur, je ne te louerai pas :
Les poètes des rois sont leurs actes augustes.
Que ton règne te chante, et qu'on dise après nous :
Monarque, il fut sacré par la raison publique ;
Sa force fut la loi ; l'honneur sa politique ;
  Son droit divin, l'amour de tous.

Pour toi, peuple affranchi, dont le bonheur commence,

Tu peux croiser tes bras, après ton œuvre immense ;

Purs de tous les excès, huit jours l'ont enfanté.

Ils ont conquis les lois, chassé la tyrannie,

    Et couronné la liberté :

Peuple, repose-toi ; ta semaine est finie !

LIBRAIRIE D'ALEXANDRE MESNIER.

REVUE FRANÇAISE.

Et quod nunc ratio est, impetus ante fuit.

OVIDE.

La *Revue Française* entre dans sa troisième année. C'est quelque chose que trois ans de vie, à une époque où tant de journaux, recueils, etc., meurent quelques mois après leur naissance.

Non-seulement la *Revue Française* a vécu, mais elle a grandi; elle a de plus en plus étendu et varié ses travaux. Le succès ne lui a point manqué; elle n'a rien négligé pour répondre au succès. Au lieu de sept ou huit articles, plusieurs numéros en ont contenu jusqu'à dix. Plusieurs de ces articles ont été de véritables traités sur la question qu'ils avaient pour objet. La revue sommaire, placée à la fin de chaque numéro a fait connaître chaque fois un plus grand nombre d'ouvrages nouveaux.

Nous demeurerons fidèles au même plan. Nous espérons avancer encore dans le même progrès. Notre dessein est toujours : 1° qu'aucune grande question politique, philosophique ou littéraire, ne s'élève en France sans être soigneusement traitée dans notre recueil; 2° qu'aucun livre de quelque mérite ou de quelque intérêt ne paraisse en France sans que notre revue sommaire en donne au moins une idée un peu précise. Suivre et seconder dans toutes les carrières le mouvement de l'esprit national; offrir, de deux mois en deux mois, un tableau critique complet de la littérature nationale durant cet intervalle ; c'est à cette double tâche que la *Revue Française* est consacrée. Nous nous sommes assuré, pour l'année qui commence, de nouveaux moyens de la remplir.

La revue sommaire sera plus étendue, et imprimée avec des caractères plus nets et plus forts. Une revue dramatique y sera jointe.

(23)

Le meilleur résumé, et aussi le meilleur prospec-
tus de nos travaux, est peut-être la liste des articles
insérés, l'an dernier, dans la *Revue Française ;*
nous la publions ici, en réimprimant à la suite celle
des articles de l'année 1828. Le public aura ainsi
sous les yeux un tableau complet de ce qu'a été la
Revue Française depuis son origine.

ANNÉE 1829.

NUMÉRO VII.

I. Histoire des Français, par M. de Sismondi. Par
M. Trognon.

II. De l'entretien et de l'achèvement des routes
en France. Par T. Duchatel.

III. Journal d'un voyage dans le Fayoum (manuscrit inédit). Par M. Léon de Laborde.

IV. Histoire du droit romain au moyen âge, par
de M. Savigny. Par M. Lerminier.

V. Struensée, par Michel Beer (manuscrit inédit).
Par M. le comte de Saint-Aulaire.

NUMÉRO VIII.

NUMÉRO IX.

V. Du mouvement de la matière primitive. Par M. H. ROYER-COLLARD.

VI. Littérature italienne. Quatre nouvelles. Par M. ****.

VII. Des Jésuites, de leur institut et de leur histoire. Par M. DE GUIZARD.

VIII. Histoire de la chapelle-musique des rois de France. Par M. CASTIL-BLAZE.

IX. OEuvres diverses de M. le baron Auguste de Staël. Par M. DE BARANTE.

X. Des forçats libérés et des peines infamantes. Par M. DE BROGLIE.

Revue sommaire. Compte rendu de dix-huit ouvrages publiés en juillet et août.

NUMÉRO XI.

I. Monumens historiques de l'ordre de Malte, par M. le vicomte de Villeneuve-Bargemont. Par M. A. THIERRY.

II. Voyage de M. Cunningham à la Nouvelle-Galles. Par M. EYRIÈS.

ANNÉE 1828.

NUMÉRO I.

(31)

NUMÉRO II.

IX. De l'Espagne et de sa révolution. Par M. Ar-
MAND CARREL.

X. Bulletin de la littérature étrangère. Allemagne, Amérique, Angleterre. Par M. ***.

XI. Bibliographie française. Par M. ***.

NUMÉRO III.

I. Des assemblées nationales en France. Par
M. AUGUSTIN THIERRY.

II. De l'état actuel de la physiologie. Par M. H.
ROYER-COLLARD.

III. Du sens de Rabelais. Par M. DE GUIZARD.

IV. Philosophie française au dix-neuvième siècle.
Par M. DE RÉMUSAT.

V. De la guerre d'Espagne en 1823. Par M. Ar-
MAND CARREL.

VI. Du siècle de Louis XIV. Par M. DE BARANTE.

VII. Du droit de succession, par M. Gans. Par
M. LERMINIER.

VIII. L'Épicurien, roman par Th. Moore ; les
Fiancés, par M. Manzoni. par M. VILLEMAIN.

IX. Examen du projet de loi sur la liberté de la presse. Par M. ***.

X. Bibliographie étrangère. Allemagne, Angleterre, Italie. Par M. ***.

XI. Bibliographie française. Sciences physiques et naturelles. Sciences morales et historiques. Littérature et beaux-arts. Par M. ***.

NUMÉRO IV.

I. Histoire de la révolution des Pays-Bas, par Schiller, traduction nouvelle par M. de Châteaugiron. Par M. Rossi.

II. Relation du voyage du prince de Broglie, en 1782, aux États-Unis d'Amérique et dans l'Amérique du sud (manuscrit inédit). Par M. ***.

III. Du renouvellement des générations. Par M. Dunoyer.

IV. De l'état du théâtre. Par M. de Rémusat.

V. De la peinture sur verre. Par M. C. Lenormant.

VI. Statistique des délits de la presse. Par M. de Broglie.

NUMÉRO V.

crètes qui ont déterminé la politique des cabinets dans la guerre de la révolution, depuis 1792 jusqu'en 1815. Par M. DE GUIZARD.

VIII. De la session de 1828. Par M. GUIZOT.

IX. Bibliographie étrangère. Par M. ***.

X. Bibliographie française. Sciences morales et historiques. Littérature et beaux-arts. Par M. ***.

NUMÉRO VI.

I. Histoire de l'émancipation des catholiques d'Irlande. Par M. PROSPER DUVERGIER DE HAURANNE.

II. De la juridiction administrative. Par M. DE BROGLIE.

III. De la philosophie écossaise; œuvres de Th. Reid, chef de l'école écossaise, publiées par M. Jouffroy, avec des fragmens de M. Royer-Collard, et une introduction de l'éditeur. Par M. DE RÉMUSAT.

IV. Le Juif, roman allemand. Par M. ***.

V. De la législation des Visigoths. Par M. GUIZOT.

VI. De l'administration communale. Par M. DE BARANTE.

VII. OEuvres inédites de madame Guizot, publiées par M. Guizot. Par M. VILLEMAIN.

VIII. Bibliographie étrangère. Par M. ***.

IX. Bibliographie française. Sciences morales et historiques. Littérature et beaux-arts. Par M. ***.

ON S'ABONNE A PARIS

CHEZ

ALEXANDRE MESNIER, LIBRAIRE,

PLACE DE LA BOURSE.

9 782019 704902